跟着古诗词去旅行

大江东去篇

苏莫女/编著
蒋文婕/绘

SPM 南方出版传媒
全国优秀出版社 全国百佳图书出版单位 广东教育出版社
·广州·

图书在版编目（CIP）数据

跟着古诗词去旅行.大江东去篇 / 苏莫女编著；蒋文婕绘．—广州：广东教育出版社，2019.10

ISBN 978-7-5548-2808-3

Ⅰ.①跟…　Ⅱ.①苏…②蒋…　Ⅲ.①古典诗歌—诗集—中国　Ⅳ.①I222

中国版本图书馆CIP数据核字（2019）第088011号

责任编辑：郝琳琳　柴　瑶　吴秀梅
责任技编：涂晓东
装帧设计：邓君豪

GENZHE GUSHICI QU LÜXING　DAJIANGDONGQU PIAN
跟着古诗词去旅行　大江东去篇
广东教育出版社出版发行
（广州市环市东路472号12-15楼）
邮政编码：510075
网址：http://www.gjs.cn
广东新华发行集团股份有限公司经销
广州市岭美文化科技有限公司印刷
(广州市荔湾区花地大道南海南工商贸易区A幢)
889毫米×1194毫米　24开本　6印张　120 000字
2019年10月第1版　2019年10月第1次印刷
ISBN 978-7-5548-2808-3
定价：38.00元
质量监督电话：020-87613102　邮箱：gjs-quality@nfcb.com.cn
购书咨询电话：020-87615809

目录

湖南　湖源，不到潇湘岂有诗

湖北 一场关于『碰撞』的壮游

湖　南

湖源，不到潇湘岂有诗

写在旅行前

我喜欢湖南，湖南是我的故乡，湖南的山山水水、一草一木对我来说都是带着乡音的情愫。

推荐湖南的古诗词之旅，我选取了一个重点词汇：孕育。

陆游曾说：“挥毫留得江山助，不到潇湘岂有诗。”

虽有些夸张，但希望父母带着诗歌溯源的心情来到湖南，带孩子感知“孕育”一词的力量。

我想，这份郑重，“惟楚有材，于斯为盛”的湖南还是担得起的。

湖南有多人杰地灵，孕育了多少英豪，此处不赘述。

单就诗歌而言，当之无愧的诗歌之父屈原，就与湖南有着千丝万缕的关系。

他所创作的“楚辞”体，与其说是一种文学形式，不如说它更像一种基因，

不同的时期不同的人拥有这种基因，都能创造出不同的生命力。

而这种诗情的来源，大抵有长江重要流域——湘江的一份重要功劳吧。

湘江，始终是悲情的。

可能是舜帝和湘夫人的故事，注定了这条磅礴大江的情感基调。

屈原在此哀咏“帝子降兮北渚，目眇眇兮愁予”；

杜审言在此感叹“独怜京国人南窜，不似湘江水北流”；

而钱起在省试的考场上，看到“湘灵鼓瑟”，挥笔写下“曲终人不见，江上数峰青”，
将湘江的悲扩展到两岸的山，延伸了数千年。

较之湘江，洞庭湖更多的是一些大气磅礴。
洞庭湖是山区淡水湖，是湖南的灵魂之母。
八百里洞庭优雅、灵动、平和，却又广阔、崎岖、险峻，
它哺育着湖南儿女，造就了他们温润灵动、亦能“吃得苦霸得蛮”的气质。
被贬朗州（常德）的刘禹锡见之写道“遥望洞庭山水翠，白银盘里一青螺”；
心怀天下又无用武之地的孟浩然见之羡慕地叹曰“气蒸云梦泽，波撼岳阳城”；
而杜甫所见更广，“吴楚东南坼，乾坤日夜浮”。

悲情与大气的周边，人来人往，却大多带着开朗与乐观，
偶尔失意，也是为天下之事而非一己私欲，像极了湖南人的秉性。
刘禹锡见“晴空一鹤排云上”，想到的是“便引诗情到碧霄”；
杜甫在这里见到离散多年的老友，惊喜地写下“正是江南好风景，落花时节又逢君”。

此次古诗词之旅，我们的重要行走地区为长沙、常德、岳阳和永州。
我们循着湘江及洞庭湖的流迹，于水域两岸偶遇诗歌的基因，
感受长江水系的孕育之力，顺便看看风景，走走诗人与伟人的故乡。

愿你到了潇湘，便有诗。

旅行路线图

岳阳市
永州市

第一站：长沙市

江南逢李龟年

唐 · 杜甫

岐王宅里寻常见，
崔九堂前几度闻。
正是江南好风景，
落花时节又逢君。

渡湘江

唐 · 杜审言

迟日园林悲昔游，
今春花鸟作边愁。
独怜京国人南窜，
不似湘江水北流。

省试湘灵鼓瑟

唐 · 钱起

善鼓云和瑟，常闻帝子灵。
冯夷空自舞，楚客不堪听。
苦调凄金石，清音入杳冥。
苍梧来怨慕，白芷动芳馨。
流水传潇浦，悲风过洞庭。
曲终人不见，江上数峰青。

江南逢李龟年

唐·杜甫

岐王宅里寻常见，

以前在岐王的家里经常见到你，

崔九堂前几度闻。

在崔九堂前也多次听闻你的歌声。

正是江南好风景，

过去了这么多年，如今江南风光正好，

落花时节又逢君。

在这落花时节的晚春，
我又见到了你这位老朋友。

唐朝音乐家李龟年

除了杜甫的诗《江南逢李龟年》，我们发现，王维的诗《相思》（又称《江上赠李龟年》）和“大历十才子”之首的李端的诗《赠李龟年》中，都出现了李龟年这个名字。李龟年，究竟何许人也？

相思

唐 · 王维

红豆生南国，春来发几枝？
愿君多采撷，此物最相思。

赠李龟年

唐 · 李端

青春事汉主，白首入秦城。
遍识才人字，多知旧曲名。
风流随故事，语笑合新声。
独有垂杨树，偏伤日暮情。

李龟年，唐朝有名的音乐家。据说李家有三兄弟，艺术造诣都很高，哥哥李彭年擅长跳舞，弟弟李鹤年擅长唱歌，而李龟年不仅擅长唱歌还精通各种乐器。

唐玄宗的弟弟岐王李范也很喜欢音乐，有一次，李龟年应邀至岐王家中做客，他出色的演出赢得了岐王的青睐。

安史之乱发生后，李龟年逃到湖南，而杜甫逃到了成都。后来，杜甫在成都的好友严武去世，杜甫失去依靠，漂泊到了湖南，再度与老友李龟年相见，写下了这首《江南逢李龟年》。

长沙橘子洲

橘子洲，又名水陆洲、橘洲，位于长沙市区对面的湘江江心，西望岳麓山，东临长沙城，四面环水，风光美不胜收，是长沙重要名胜之一。

据史料记载，橘子洲形成于晋惠帝永兴二年（305年），为激流回旋、沙石堆积而成。原有桔洲、织洲、誓洲、泉洲四岛，至清时只有上洲、中洲、下洲三岛，“望之若带，实不相连”，现在就变成了一串长岛，上为牛头洲，中为水陆洲，下为傅家洲。

橘子洲气候湿润宜人，生长着数千种花草藤蔓植物，种植着橘子、李子、枇杷等多种水果，金秋时节，橘果累累，飘香十里。

1952年，毛泽东从广州回到湖南领导农民运动，寒秋时节，重游橘子洲，写下了《沁园春·长沙》，因此，橘子洲声名大振。在橘子洲头面江而建的望江亭上，有一巨型汉白玉纪念碑，上刻有毛泽东亲手所写的“橘子洲头”四个大字。

橘子洲头

渡湘江

唐·杜审言

迟日园林悲昔游，

春天姗姗来迟，
让我想起昔日游园的场景，
心里有些悲伤。

今春花鸟作边愁。

花儿开了，到处都是鸟叫声，更引发我远离家乡的痛苦。

独怜京国人南窜，

独自哀怜京城的人被流放到了南方，

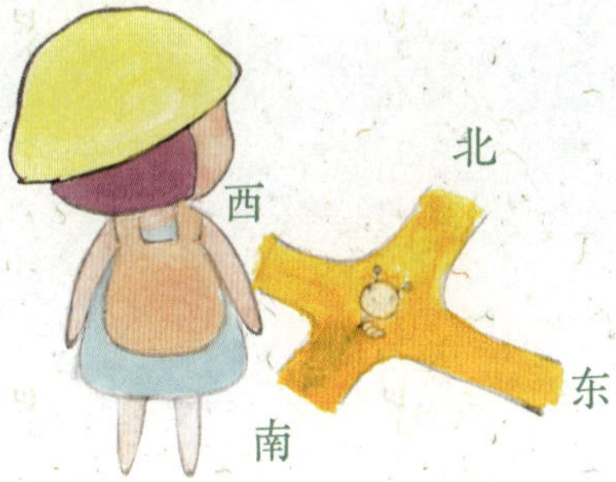

不似湘江水北流。

不能像湘江的水那样向北奔流。

何为“贬谪”

古时的官吏，常常会因为过失或犯罪而被降职或流放至远离京城的或者荒凉的地方，这就是贬谪。被贬诗人将心中郁结与所经之地的景观相结合诉诸笔端，形成了风格明显的“贬谪文学”。如：

李白，在安史之乱期间，曾为永王李璘幕僚，因李璘战败而受牵连，被流放至夜郎，在流放途中收到被赦免的消息，写下了千古名诗《早发白帝城》；

韩愈，一心为国为君“除弊事”，因文章过于剑拔弩张、针锋相对，被贬为潮州刺史，途中创作了《左迁至蓝关示侄孙湘》；

王昌龄，因才情张扬、锋芒太露，被贬岭南，再贬龙标，好友李白为表达对王昌龄怀才不遇的惋惜与同情，作诗《闻王昌龄左迁龙标遥有此寄》；

白居易，因主张严缉刺杀宰相武元衡的凶手被认为越职言事，后又遭诽谤，被贬为江州司马，著有叙事长诗《琵琶行》；

……

湘江

湘江，流经广西壮族自治区和湖南省，是长江的主要支流之一。作为湖南省境内最大的河流，湘江途经湖南省的永州市、衡阳市、株洲市、湘潭市、长沙市和岳阳市的湘阴县，最终流入洞庭湖。湘江水量充沛，是湖南的母亲河，养育着湖南的土地和树木花草，使土地滋润、粮食丰收。湘江水流平缓，河床开阔，两岸风景秀丽，是一道美丽的沿江风光带。

省试湘灵鼓瑟

唐·钱起

善鼓云和瑟，
常闻帝子灵。
冯夷空自舞，
楚客不堪听。

听说湘水的神灵，擅长弹奏云和瑟。河神冯夷听到湘灵弹奏的美妙乐曲，随之起舞，而远游的旅人却不忍听。

苦调凄金石，
清音入杳冥。
苍梧来怨慕，
白芷动芳馨。

悲戚哀怨的曲调，感动了坚硬的金石；
清亮高亢的乐音，穿透到高远无垠的地方。
乐曲传到苍梧之野，安息在此的神灵生出哀怨思慕之情；
生长在这一带的白芷，也吐露出更多芬芳。

流水传潇浦，
悲风过洞庭。
曲终人不见，
江上数峰青。

乐声顺着流水传到湘江，
化作悲伤的风吹过洞庭湖。
曲终声寂，湘灵还是没有出现，
湘江边上的山峰倒是苍翠迷人。

有趣的唐朝考试

《省试湘灵鼓瑟》是一首应试诗。所谓应试诗，就是古代的读书人要当官需要通过的考试的诗歌题目。隋唐时期，把文人考试称为科举。

在唐朝，科举有常科和制科之分。常科是一些固定的学科，制科则是指根据需要临时制定的考试类别。常科又有秀才、明经、进士、明法、明书、明算六大科。

秀才科是唐朝最早设立的科目，但因为太难考很快就消失了。明经科和进士科是读书人最喜欢的科目，明经科容易考，进士科比较难，所以有“三十老明经，五十少进士”的说法。因进士科还诞生了很多文学作品，如孟郊的《登科后》，讲的就是中了进士之后的心情。

进士科有乡试和省试，考过了乡试才能参加省试。钱起的这首《省试湘灵鼓瑟》就是省试的题目，他凭借这首诗成功通过了省试，当上了翰林学士。

"湘灵鼓瑟"的故事

湘灵鼓瑟，出自屈原的《楚辞·远游》："使湘灵鼓瑟兮，令海若舞冯夷。"

上古历史中，尧帝有两个女儿，娥皇和女英，她们都嫁给了舜帝。虽然二妃出身皇家，但她们不贪图享乐，总是关心着百姓的疾苦。

湖南的九嶷山上有九条恶龙，常在湘江边戏水玩乐，以致洪水暴涨，百姓叫苦不迭。舜帝为帮助百姓除灾解难，决定南巡惩治恶龙，不幸死于九嶷山。二妃跋山涉水赶到九嶷山，悲痛万分，抱头痛哭，她们的眼泪洒在九嶷山的竹子上，竹竿上便呈现出斑点，这就是"湘妃竹"。有传说娥皇和女英难抑悲痛，一起投身湘江，殉情而死。二妃的魂魄化作湘水之神，称为"湘灵"。湘灵常常在月夜弹奏鼓瑟，声调悲凄，感动了从此经过的旅客。

岳麓书院

岳麓书院坐落于湖南长沙湘江西岸的岳麓山下，是湖南文化圣地，以保存了大量的碑匾文物而闻名。

门额“岳麓书院”为宋真宗字迹。大门两旁挂有一副楹联“惟楚有材，于斯为盛”，上联由清代嘉庆年间任岳麓书院院长的袁名曜所出，下联为当时书院的一位学生张中阶所对，两句话分别出自《左传》和《论语》，意思是楚地的人才在此地会聚。岳麓书院中的唐刻“麓山寺碑”，文、书、刻三者俱佳，有“三绝碑”之称。讲堂檐前悬有“实事求是”匾，为民国初期湖南公立工业专门学校校长宾步程所撰；讲堂大厅悬挂两块木匾，即“学达性天”和“道南正脉”，分别为康熙皇帝和乾隆皇帝御赐。岳麓书院的园林也很有特色，典雅朴实。

互动任务单

和爸爸妈妈一起学习表演喜、怒、哀、惧四种表情，并拍照记录。

第二站：常德市

秋词

唐·刘禹锡

自古逢秋悲寂寥，
我言秋日胜春朝。
晴空一鹤排云上，
便引诗情到碧霄。

望洞庭

唐·刘禹锡

湖光秋月两相和，
潭面无风镜未磨。
遥望洞庭山水翠，
白银盘里一青螺。

秋词

唐·刘禹锡

自古逢秋悲寂寥，

自古以来，

谈到秋天人们都会觉得萧条、凄凉，

我言秋日胜春朝。

我却说，秋天比春天好。

晴空一鹤排云上，

秋天天高气爽，晴空万里，

一只白鹤笔直地飞到云的上面，

便引诗情到碧霄。

也激发了我的诗情飞上云霄。

“秋”的成语

春兰秋菊

春天的兰草，秋天的菊花，各有独特的风姿。常用于比喻各有专长。

秋收冬藏

秋天收获，冬天储藏。常指农业生产的过程，也可比喻事物发生、发展的过程。

一叶知秋

看见一片落叶，就知道秋天来临了。常用于表示发现一点端倪就可预知事情的发展趋势。

春华秋实

春天开花，秋天结果。可比喻事情的因果关系，也可比喻一个人的文采和德行，还可表示时间的流逝。

一日不见，如隔三秋

用来比喻度日如年的心情。三秋，指九个月，这里泛指很长时间。

中国常德诗墙

常德市武陵区沅水防洪墙外侧，有一座“中国常德诗墙”，集中国当代名家诗词、书法、美术精品镌刻于一墙，被称为“世界最长的诗、书、画、刻艺术墙”。诗墙分为“百代沧桑”“名贤题咏”“武陵佳致”“兰芷风华”“华夏新声”“五洲撷英”“时代风采”“千古绝唱”八大篇章。

诗墙四阁

高矗七层，为四阁中最大一阁，内设诗墙博物馆。

诗墙第二大阁，为纪念战国四君子之一的春申君而修。

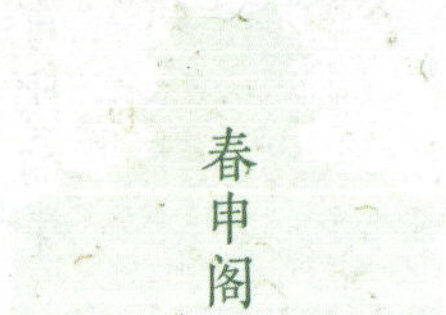

以刘禹锡的诗句“晴空一鹤排云上，便引诗情到碧霄”而命名。

为纪念宋教仁（常德桃源人，号渔父）而修建。

望洞庭

唐·刘禹锡

湖光秋月两相和，

洞庭湖上，月光与水色交融在一起，

潭面无风镜未磨。

湖面风平浪静就像未磨的铜镜，平滑光亮。

遥望洞庭山水翠，

远远地眺望着洞庭湖，山水苍翠，

白银盘里一青螺。

就像白银盘里托着一只青螺。

美妙的比喻

比喻，就是用一样事物来形容另一样事物。

当我们要告诉别人我们看到的、知道的事物时，可能会遇到这样一个难题：如果对方没有见过、不了解这个事物，怎么办呢？我们可以借助他见过的、知道的事物来阐释我们所要表达的。这就是比喻。

比如《望洞庭》一诗中，月亮映在湖里是什么样子呢？就像没有磨过的镜子。远远看着洞庭湖的山水，又是什么样子呢？就像白色的盘子里放了一只青螺。

洞庭湖

洞庭湖，古称云梦泽，从春秋战国到宋代，约有1700年，后来由于泥沙沉淀，云梦泽在唐宋时便消亡，变成了洞庭湖。

位于湖南省常德市汉寿县境内的是西洞庭湖湿地公园。西洞庭湖湿地公园最有名的是湖洲芦苇，面积达5.4万公顷，是世界上最大的苇荻群落之一。另外，湖洲上野生的绿色食品野芹菜、野藜蒿、芦笋和蓼米被誉为“洞庭四珍”，备受人们珍爱。

互动任务单

用比喻来形容自己的爸爸妈妈，并介绍给别人听吧。

第三站：岳阳市

登岳阳楼（节选）

唐 · 杜甫

昔闻洞庭水，
今上岳阳楼。
吴楚东南坼，
乾坤日夜浮。

过三闾庙

唐 · 戴叔伦

沅湘流不尽，
屈子怨何深。
日暮秋烟起，
萧萧枫树林。

登岳阳楼（节选）

唐·杜甫

昔闻洞庭水，
今上岳阳楼。

早就听闻洞庭湖的盛名，
今天终于有机会登上洞庭湖边的岳阳楼。

吴楚东南坼，
乾坤日夜浮。

洞庭湖像一道界限一样，
将吴楚东南分开，
日月星辰像在洞庭湖里昼夜漂浮。

岳阳楼的传说：李鲁班

在唐朝的时候，有个姓张的大官，被贬至岳州（今岳阳）当太守。一天，他行至洞庭湖边，顿感心胸开阔，于是决定在湖边高处修建楼阁，遂招聘名师巧匠。

一个叫李鲁班的木工，自称擅长土木设计，张太守便要求他在一个月内设计一座三层、四角、五梯、六门、飞檐、斗拱、盔顶的楼阁。

一个月很快就要过去了，李鲁班还是没有画出楼阁的图纸，他吓得直冒冷汗。工匠们纷纷劝导他，他也诚恳地请求大家帮忙。这时，人群中走出一位白头发的老爷爷，给了他一把尺子和一些编了号码的木桩，让他拿去摆弄，说完头也不回地走了。就像堆积木一样，凭借着这些木桩，李鲁班很快就有了新的灵感，最终搭出了一座雄壮的楼阁。

让岳阳楼一鸣惊人的古文：《岳阳楼记》

因为岳阳的山清水秀，也因为岳阳楼的雄伟，很多诗人慕名而来。比如孟浩然、李白、杜甫、韩愈、刘禹锡、白居易、李商隐等，他们写下了很多脍炙人口的诗文，其中杜甫的《登岳阳楼》、李白的《与夏十二登岳阳楼》、李商隐的《岳阳楼》都很有名。

但这些诗歌都没有让岳阳楼蹿红，一直到北宋年间，滕子京被贬至岳阳做太守，岳阳楼终于能红遍全国了。滕子京先是重修了岳阳楼，修好后请人画了一幅《洞庭晚秋》图。之后，写信邀请他的好友范仲淹为修葺一新的岳阳楼作记。

范仲淹这篇《岳阳楼记》虽然只有360余字，但字字珠玑，其中“先天下之忧而忧，后天下之乐而乐”，更成为千秋名句，一下就让岳阳楼成为名流趋之若鹜的景点。

江南名楼：岳阳楼

岳阳楼位于湖南省岳阳市古城西门城墙之上，与江西南昌滕王阁、湖北武汉黄鹤楼并称为“江南三大名楼”，是三大名楼里唯一保持原状的木结构古建筑。

岳阳楼有何神奇之处呢？

它的整个楼阁没有用一个钉子一颗铆，全部都是木头。

这些木头怎么连在一起的？聪明的古代人是这么做的：先用4根大柱子（也叫通天柱）支撑起整个房子，从一楼一直到三楼。其余地方所用柱子全部都是4的倍数，比如廊柱是12根，檐柱是32根，这些柱子彼此牵制，形成一个整体，使建筑更加坚固。岳阳楼的飞檐很好看，檐牙好像鸟嘴对着天空啄食。岳阳楼的楼顶，好像古代将军的头盔。

据考古学家考证，岳阳楼是中国仅存的盔顶结构古建筑。

君山岛

君山岛是八百里洞庭湖中的一个小岛，与千古名楼岳阳楼遥遥相对，四面环水，风景秀丽，是避暑胜地。

君山岛的四季景色，各有特点：春季赏花，夏季观白银盘，秋季林中红绿交接，冬观洞庭湖候鸟。《望洞庭》一诗中“遥望洞庭山水翠，白银盘里一青螺”就完美地形容了君山岛的位置和迷人风光。

君山岛的人文内涵也非常深厚：虞帝二妃之墓、“江南第一祠”湘妃祠、秦始皇封山印、汉武帝射蛟台、宋代农民起义的杨幺寨……每一处都有着一段古老遥远的故事。

过三闾庙

唐·戴叔伦

沅湘流不尽，
屈子怨何深。

沅江、湘江的水奔腾不息，
屈原的哀怨就像这水一样深沉。

日暮秋烟起，
萧萧枫树林。

傍晚时分，暮色苍茫，秋风起了，
萧萧的风声穿梭在枫树林里。

认识屈原

姓名：屈原

别称：辞赋之祖、中华诗祖

出生时期：战国

作品：《离骚》《九歌》等

杰出贡献：

1. 开辟了“香草美人”的比兴手法。

2. 创造了“楚辞”文体。

3. 从屈原开始，中国才有了因为写文章而被历史记住的人。

4. 屈原的爱国精神和忠贞高洁是后人的榜样。

端午节与屈原

端午节（五月初五）和清明节、中秋节、春节并称为中国民间四大传统节日。赛龙舟、吃粽子是端午节的两大民俗主题。

传说，端午节是为了纪念爱国诗人屈原。

屈原很爱自己的国家，国破家亡后，他在五月初五这天抱着石头跳进汨罗江自杀。周围的人听说士大夫屈原投河了，纷纷把船开到洞庭湖里想要救屈原，可找了很久都没有找到。后来为了寄托对屈原的思念，每年五月初五人们就把船开到洞庭湖，形成了赛龙舟的传统。又因为害怕河里的鱼去咬屈原，人们就用生米包成粽子投到河里喂鱼，所以就有了端午节吃粽子的传统。

关于端午节的传说还有很多，且据考证，在屈原之前就已有端午赛龙舟的活动，端午节的许多习俗也与屈原无关，但因屈原的爱国精神等深入人心，故端午节的"纪念屈原"之说影响最广最深。

屈原墓和屈子祠

屈原墓：位于玉笥山东五公里处的汨罗山上，12个小山式的封土堆散布在1500平方米的山坡上，这些土堆前立有“故楚三闾大夫墓”“楚三闾大夫墓”石碑，是为屈原12疑冢。疑冢是为了防止被盗墓而修建的。

屈子祠：亦称屈原庙，现辟为屈原纪念馆，位于湖南省汨罗城西北玉笥山顶。始建于汉代，现存建筑是1754年清乾隆帝颁旨重建的。回望历史，早在南朝（424年），湘州刺史张邵就派户曹掾到汨罗屈子祠祭祀屈原，开了湖南官府公祭之先河。

杜甫墓

现存有许多杜甫墓，据说位于湖南省平江县小田村的为杜甫墓真迹，这里是伟大爱国主义诗人、世界文化名人杜甫的长眠之地。

杜甫墓坐北朝南，墓为圆形的土堆，墓前立青石碑，上刻有“唐左拾遗工部员外郎杜文贞之墓”。墓前设有杜文贞祠，祠门正上方的青石匾上刻有“诗圣遗阡”。

杜甫墓被列为湖南省级文物保护单位，曾被评为“岳阳十景”之一。经历代风雨，杜甫墓及古建筑曾多次修缮、重建。

互动任务单

和爸爸妈妈一起包粽子，并拍照留念。

第四站：永州市

江雪

唐 · 柳宗元

千山鸟飞绝，
万径人踪灭。
孤舟蓑笠翁，
独钓寒江雪。

江雪

唐·柳宗元

千山鸟飞绝，

群山上的鸟儿飞得不见踪影，

万径人踪灭。

所有的路上也看不到人的踪迹。

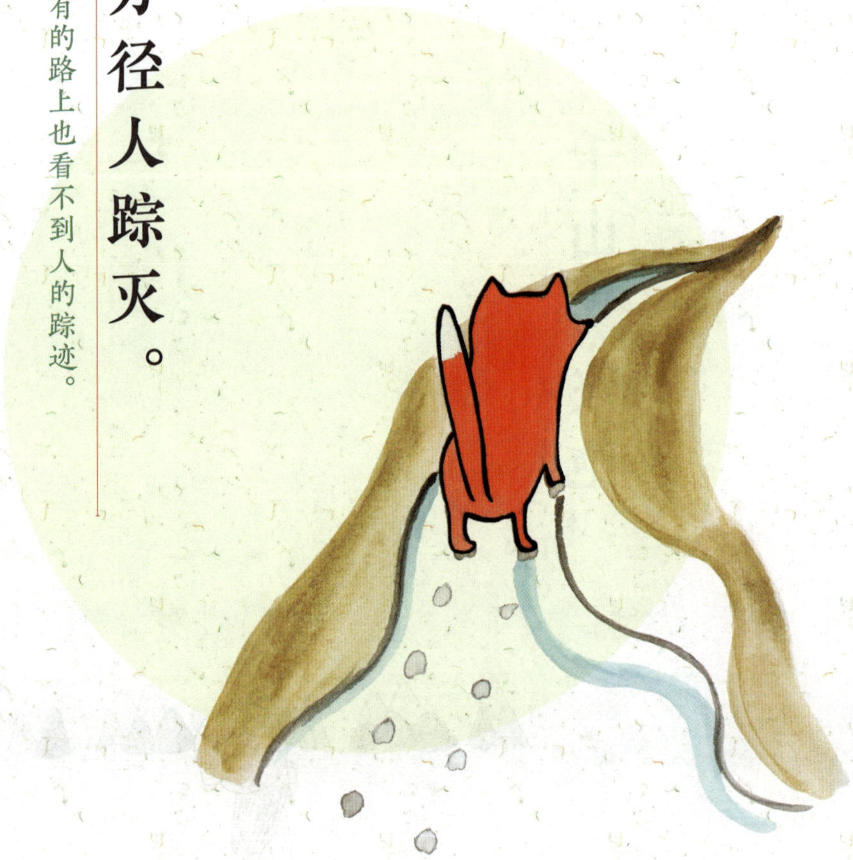

孤舟蓑笠翁，

江上的孤舟，

有一位穿蓑衣戴斗笠的老翁，

独钓寒江雪。

独自在寒冷的江面上钓鱼。

“蓑”和“笠”

蓑衣：古代遮雨的雨衣，用棕榈皮或蓑草织成，分为上衣和下裙两个部分。不仅可以遮雨，打猎时还能用作防身。

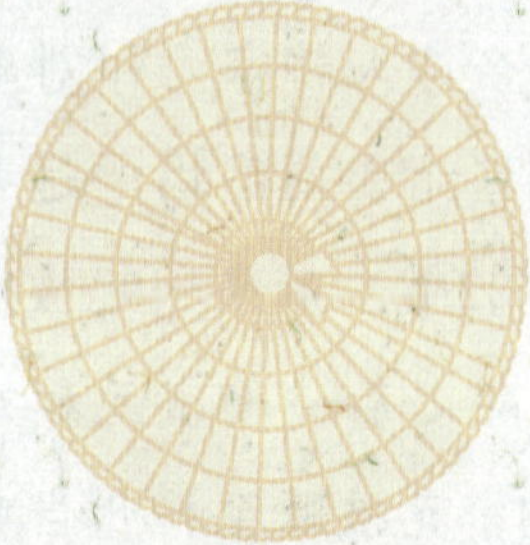

斗笠：用竹篾夹油纸或竹叶棕丝做成的挡太阳和雨的工具，戴在头上，功能类似于现在的伞。在江南一带，几乎每家每户都有。

“蓑笠”一词出自《仪礼·既夕礼》：“道车载朝服，稾车载蓑笠。”《诗经·小雅·无羊》中有“尔牧来思，何蓑何笠”的语句。唐代诗人吕岩的诗《牧童》也曾提及：“草铺横野六七里，笛弄晚风三四声。归来饱饭黄昏后，不脱蓑衣卧月明。”

柳宗元与刘禹锡

著名诗人柳宗元和刘禹锡是好朋友。

柳宗元和刘禹锡一起考上进士，一起当官，一起参与改革。两个人同朝为官22年，后来一起被贬，刘禹锡被贬至朗州，柳宗元被贬至永州。

十年之后，柳宗元和刘禹锡同时被召回长安，不到三个月又被赶了出去，柳宗元被贬至柳州当刺史，而刘禹锡被贬至更荒凉的播州。因刘禹锡上有老母，柳宗元数次上书，希望与刘禹锡对换，后经友人帮助，刘禹锡被贬至连州。

二人被贬之际，柳宗元在衡阳与刘禹锡分手时写下一首《重别梦得》（古时候的人，有姓，有名，有字，还有别号，“梦得”就是刘禹锡的字）。这首诗的意思是：这二十年来我们做什么都在一起，今天到了路口却要分别了。如果将来皇帝开恩，允许我们回乡下种田，老了我们要住在一起当邻居。

柳宗元比刘禹锡先去世，他把自己的诗稿和四个孩子都托付给了刘禹锡。刘禹锡把柳宗元的孩子抚养长大，还为柳宗元编著了《柳河东集》。

永州的名人故事：书法家怀素芭蕉练字

著名草书书法家怀素，出生于永州。

小时候他家里很穷，买不起纸笔，他就在寺庙附近种了一万多棵芭蕉，等芭蕉长大后，就把芭蕉叶摘下来铺在桌子上，临帖挥毫。后来，怀素干脆带着笔墨站在芭蕉树前，在新鲜芭蕉叶上练习写字。

他坚持不懈地练字，终于成了伟大的书法家，他的草书被称为“狂草”，对后世影响极为深远。

九嶷山

九嶷山，又称苍梧山，是天下名山，传说中华民族始祖舜帝就葬于九嶷山下。《史记·五帝本纪》记载："舜南巡狩，崩于苍梧之野，葬于江南九疑，是为零陵。"主要景点有舜陵景区、舜帝大庙等。

九嶷山国家森林公园，于1992年7月，经国家林业部批准成立。园区动植物资源丰富，其中九嶷山斑竹（泪竹）堪称"中国一绝"，世上罕有。斑竹丛林汇集了20多个竹类品种，有大如碗口的楠竹，小似竹筷的垂巴竹，可作盆景的观音竹，还有罗汉竹、紫竹、方竹。尤以斑竹著称于世，历代文人骚客为之作诗吟咏。

柳子庙

柳子庙坐落于永州潇水之西的柳子街，为纪念唐宋八大家之一的柳宗元而建。柳宗元是唐代著名文学家，遭贬至永州谪居十年，写下了《永州八记》《江雪》《捕蛇者说》等大量诗文，为永州的声名传播做出了巨大贡献。

柳宗元还是一个心系人民的好官，深受百姓爱戴。为纪念柳宗元，北宋仁宗至和三年（1056），永州人民在永州柳子街上开始修建柳子庙，南宋、清光绪时期又重建。

庙门上镌有“柳子庙”三字石刻，两边有对联。进入大门可见庙为三进三开，历代碑碣很多，《荔子碑》《捕蛇歌》《寻愚溪谒柳子庙》等堪称文物珍品。尤其是正殿后墙的荔枝碑，碑文为韩愈所撰、苏轼书写、颂扬柳宗元，被称为“三绝碑”。

异蛇村

永州异蛇村因柳宗元《捕蛇者说》开篇第一句“永州之野产异蛇”而来，这种“异蛇”，“触草木，尽死；以啮人，无御之者”。

其实，异蛇村并不是真的村，而是在永州芝山区（今零陵区）富家桥镇的一家公司，建有标准化的养蛇场，饲养了数以百万计的各种毒蛇。

蛇的一身都是宝。异蛇村很少卖活蛇，而是开发蛇系列产品。该公司精心泡制的蛇酒，品种不下20种，远销日本、东南亚等地。

但蛇并不是一种好养的动物，异蛇村的人介绍说，他们在蛇的产卵孵化、避暑越冬、防病治病以及蛇伤防治等多方面，攻克了不少技术难关，尤其是他们的“家繁外养”，即将人工孵化的幼蛇放归大自然，并规定“捕一放三”，以保护蛇类自然资源。

女书生态博物馆

女书生态博物馆，位于湖南省永州市江永县的浦尾岛上，四面环水，风景秀丽，是著名女书自然传人高银仙、胡慈珠和唐宝珍的故居地。这里记录、储存了大量的女书文化资料，通过实物、文字、图片和音像等形式，展示女书原件文献、作品、书法、学术成果等内容，展现其丰富的文化内涵和独特的人文魅力。

人类迄今发现唯一的女性文字——江永女书，现存单字1200个左右。在往昔男尊女卑的社会，一般乡村妇女很难享受“正规”文化教育，江永等地的乡村妇女，自发利用节庆和纺织、刺绣之余，独自或三五成群地学习“女字”。

据说江永地区的妇女大多数时间与同性交流相处，女性伙伴之间情感深厚，她们创造了自己的文字——只在这一地区的妇女之间流行和传承的神秘文字，男人无法了解这些文字的意思。但是随着时代的发展，女性的文化水平提高，女书面临着濒于灭绝的境地。

互动任务单

穿蓑衣戴斗笠拍一张照片。

湖　北

一场关于“碰撞”的壮游

写在旅行前

乍说湖北，就像在大街上遇到的每一个普通人，擦肩而过，萍水相逢。

可这个世界有这样一个神奇的定律：不喜欢是因为不了解。

只要停下脚步，愿意倾听，一段美丽的旅程就开始了。

湖北一直在那里，历经千年的烽火狼烟，又被穿流而过的长江洗礼，沉淀千里，

它安静地在那里，仿佛只为你的到来，向你诉说。

我们这次走入的，是一段有关“碰撞”的旅行，

对于家长和孩子而言，认知多元的文化和多元的意识形态，都将是一件有趣的事。

在湖北，有着古代神话与现实的碰撞，比如黄鹤楼。

相传有一位神仙为了报答一酒家老板慷慨赠酒之恩，在墙上画了一只仙鹤，

每逢人来仙鹤便起舞，酒家老板生意渐好。

后来神仙驾着仙鹤飞走了，后人就在此修了一座楼，名曰黄鹤楼。

实际上，黄鹤楼最初是东吴孙权修建的军事堡垒。

在湖北，战争与和平的碰撞也很明显。

古江陵、古荆州为兵家必争之地，赤壁之战、大意失荆州至今为人们所乐道。

但在襄阳鹿门山，也有孟浩然“春眠不觉晓，处处闻啼鸟”的静谧生活。

杨慎在长江边上展露过“滚滚长江东逝水”的英雄气概，

周瑜在赤壁尽显“羽扇纶巾”的风流倜傥，

花木兰流露着“梦里曾经与画眉”的女儿心思。

这是一个神奇的地方，

楚文化在这里发祥，各种文明在这里交汇，

就像奔腾的长江水一样，浪花淘尽，

留给我们的，全是滋养。

而今走进湖北，你又能看到现代文明与古代文化碰撞产生的奇异反应，

个中美妙，于家长和孩子能产生什么、发酵什么，

我想，等你们走过便知晓。

旅行路线图

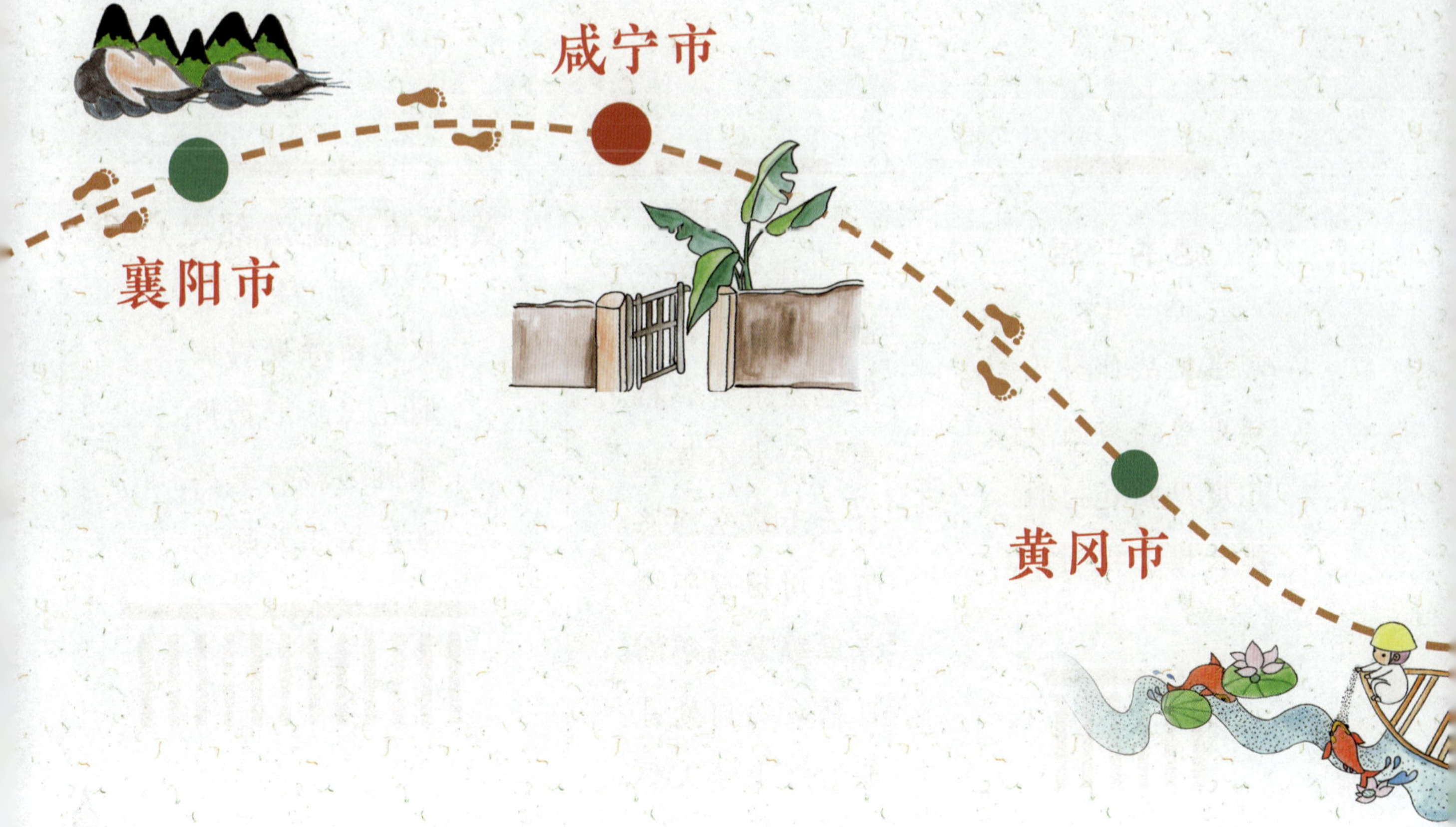
咸宁市
襄阳市
黄冈市

第一站：武汉市

题木兰庙

唐 · 杜牧

弯弓征战作男儿，
梦里曾经与画眉。
几度思归还把酒，
拂云堆上祝明妃。

黄鹤楼

唐 · 崔颢

昔人已乘黄鹤去，
此地空余黄鹤楼。
黄鹤一去不复返，
白云千载空悠悠。
晴川历历汉阳树，
芳草萋萋鹦鹉洲。
日暮乡关何处是？
烟波江上使人愁。

黄鹤楼送孟浩然之广陵

唐 · 李白

故人西辞黄鹤楼，
烟花三月下扬州。
孤帆远影碧空尽，
唯见长江天际流。

题木兰庙

唐·杜牧

弯弓征战作男儿，

花木兰拿着弯弓参军打仗，像个男孩子一样，

梦里曾经与画眉。

偶尔在梦里也会梦到曾经和女伴们对着镜子梳妆的场景。

几度思归还把酒，

有多少次思念故乡，
却竭力克制着自己，
与边关将士大碗喝酒，

拂云堆上祝明妃。

她也要像出塞和亲的王昭君一样，
为国家做出贡献。

花木兰替父从军

北魏有个叫花木兰的女孩子。她的父亲是一位军人，父亲从小就带着她练习武术、骑马、射箭等男孩子才会做的事情。木兰空余时间也会翻看父亲的兵书。

因北方游牧民族不断南下侵扰，北魏政权规定，每家必须派出一名男子上前线。但是木兰的父亲年事已高，弟弟又太小，于是木兰决定，女扮男装代替父亲上战场。

木兰买了一匹骏马和一些必备的物资，告别了父母，去往边疆。勇敢聪明的花木兰，隐瞒着自己的女性身份，与男性伙伴们一同上阵杀敌，一步一步从一个士兵当到了将军。数十年后木兰凯旋，她脱下军装，穿回女孩子的衣服，打扮得十分漂亮，她的部下们都惊呆了。从此，花木兰女扮男装替父从军的故事便流传开来。

昭君出塞

王昭君是中国四大美女之一，成语“沉鱼落雁”中的“落雁”就是指王昭君。

汉元帝时期，朝廷昭示天下遍选秀女，昭君因此进入宫中，但一直没有得到皇帝的召见。后又恰逢匈奴王要求与汉朝和亲。和亲一般要挑选血统高贵的公主或皇亲国戚的女儿，但因汉元帝不满匈奴，只想挑选一名宫女和亲。因此下诏，宫中谁愿意远嫁匈奴，便封号为公主。虽然身份上可以说是飞上枝头变凤凰，但要背井离乡去到遥远的地方，宫女们还是不愿意。

只有王昭君，为了国家和民族的安定，她毅然决定前往匈奴和亲。辞行的那一天，大家才发现，她的容貌和气质，简直就是仙女下凡，令人惊艳。昭君千里迢迢到了匈奴，为匈奴带去了中原文化，也平息了两地的战乱，受到匈奴人民的爱戴。

巾帼

巾和帼是古代妇女戴的头巾和发饰，后用来借指妇女。“巾帼英雄”一般是指女性英雄、女中豪杰。历史上的巾帼英雄有很多：

生于梁死于隋、身历三朝、创下伟大历史功勋的“中国巾帼英雄第一人”，冼夫人。

唐朝与薛丁山一同平定西北战乱的女将，樊梨花。

北宋深通兵书、忠心爱国、指挥杨家将英勇杀敌的女英雄，折太君。

明朝末期战功卓越的女将军、抗清名将、军事家，秦良玉。

……

巾帼不让须眉：当一个女人很有作为时，就可称赞她说“巾帼不让须眉”，意思是女人不比男人差。须眉，指胡须和眉毛，通常代指男人。

木兰山风景区

木兰山风景区位于湖北省武汉市黄陂区，自然风光秀丽，历史悠久、文化灿烂，将风景名胜与历史文化融合得恰到好处。

在木兰山风景区的古寨区，可以参观许多具有神奇色彩的建筑；在石景区可以伴随着古老传说，探索嶙峋怪石；花苑区和山庄区，木兰山的一草一木、一山一水，如木兰花树、射箭石、木兰殿、木兰将军坟等都倾诉着木兰将军的凄美传说。在木兰山风景区的周边，木兰天池和木兰湖分布其中，还有着丰富森林资源，生态环境良好。

木兰山风景区有着“黄陂八景”中最负盛名的景观——木兰耸翠。这一景观可见嶙峋奇异的地质风貌，争奇斗艳的花草，青翠欲滴的树木，清澈的溪流，浩渺的云海。木兰耸翠的景象还有一个美丽的传说：花木兰替父从军凯旋时，她昔日习武留下的漫山遍野的竹箭竟长成参天大树，郁郁葱葱，鲜花怒放，就像在欢迎木兰将军。绿的木兰树，红的木兰花，一经轻风摇荡，顿时飞红流翠，展现出一幅“木兰耸翠”的绚丽图画。

黄鹤楼

唐·崔颢

昔人已乘黄鹤去，

此地空余黄鹤楼。

传说中的神仙已经乘着黄鹤飞走了，

这个地方只剩下一座空荡荡的黄鹤楼。

黄鹤一去不复返，
白云千载空悠悠。

黄鹤飞走了再也没有飞回来，
只有白云，千百年来都在天上飘着。

晴川历历汉阳树，
芳草萋萋鹦鹉洲。

天气晴朗，
阳光照射下汉阳的树木清晰可见，
远处的鹦鹉洲上芳草碧绿。

日暮乡关何处是？
烟波江上使人愁。

天渐渐黑了，我的家乡在哪里呢？
看不到家乡，江面上的烟雾让人发愁。

黄鹤楼的传说与现实

从前有位姓辛的人，以卖酒为生。一位衣衫褴褛的客人经常来店里讨酒喝，辛氏很大方，给他酒喝且从不收钱。如此半年，这位客人为报答辛氏，用橘子皮在墙上画了一只黄色的仙鹤。每当有人走近唱歌，这只仙鹤就会挥动翅膀跳舞。附近的人听说了，都跑来这里喝酒看仙鹤。辛氏的生意越来越好。过了很久，那位客人再次来到酒馆，辛氏非常感谢他。他笑了笑，吹起笛子，召唤墙上的仙鹤，骑着它飞走了。后来，辛氏在这里修了一座高楼，取名叫黄鹤楼。

现实中黄鹤楼是为何而建的呢？

三国时期，赤壁之战后，孙权夺取了荆州，称吴王。此时的黄鹄山是军事要地，隔江有蜀汉的刘备，中原有曹操。为了防御敌人，孙权就在地形险要的夏口城也就是现在的武昌西南口修建了最早的黄鹤楼，作为观察敌人的军事楼。又过了许多年，黄鹤楼修葺了很多次，最后搬到了蛇山。

登蛇山，观天下江山第一楼：黄鹤楼

黄鹤楼位于蛇山之首，雄踞长江之滨，唐代诗人崔颢一句“昔人已乘黄鹤去，此地空余黄鹤楼”使其名声大噪。蛇山，形似伏蛇，与汉阳龟山对岸相峙，在古代是军事要塞，自三国时期在蛇山上修筑了夏口城，各朝不断扩建，名胜古迹甚多。

相传，黄鹤楼始建于三国时期，多次毁灭又多次重建，现楼为1981年重建，以清代“同治楼”为原型设计。登上黄鹤楼，可以尽观武汉三镇的旖旎风光，遥望辽阔神州的锦绣山河。

黄鹤楼景区分为东南西北四个区。在东区可见岳飞铜像、岳飞亭和岳飞功德坊等；在南区可见跨鹤亭、摘笔亭、奇石馆、紫竹苑、白龙池、乐天亭、黄鹤古肆等建筑和风景；西区有胜像宝塔、揽虹亭、凝翠轩、西爽亭、“黄鹤归来”铜像，黄鹤楼也位于这一区；北区有吕仙洞、留云亭、杜鹃园、一览亭等。从各个名字来看，四个区的每个地点都有着悠久的历史和动人的故事。

黄鹤楼送孟浩然之广陵

唐·李白

故人西辞黄鹤楼，

老朋友在黄鹤楼挥手跟我告别，

烟花三月下扬州。

在百花盛开的三月，他要到扬州去。

孤帆远影碧空尽，
唯见长江天际流。

他乘坐的船慢慢地远去，
消失在碧海蓝天里，
只看见滚滚长江水朝天边奔流。

李白与孟浩然的友情

李白和孟浩然都是唐代伟大的诗人，他们两人是忘年交，孟浩然比李白大12岁，是李白的前辈。

李白刚刚小有名气的时候，孟浩然已经是名满天下的大诗人。有一年，李白听说孟浩然在襄阳，就特地去拜访他，孟浩然也非常喜欢李白的诗。又过了几年，李白正在壮游的路上，听说孟浩然要去扬州，二人就相约在黄鹤楼见一面。他们见面时谈诗、谈近几年的见闻，到了分别的时候，李白就写了《黄鹤楼送孟浩然之广陵》送给孟浩然。

李白终其一生，赠给孟浩然的诗有很多，如《赠孟浩然》，第一句就是“吾爱孟夫子，风流天下闻”，还有《春日归山寄孟浩然》《淮南对雪赠孟浩然》《游溧阳北湖亭望瓦屋山怀古赠同旅》等诗，足以见得，李白对孟浩然的敬仰之情。

春日归山寄孟浩然

唐 · 李白

朱绂遗尘境，青山谒梵筵。
金绳开觉路，宝筏度迷川。
岭树攒飞栱，岩花覆谷泉。
塔形标海月，楼势出江烟。
香气三天下，钟声万壑连。
荷秋珠已满，松密盖初圆。
鸟聚疑闻法，龙参若护禅。
愧非流水韵，叨入伯牙弦。

中华民族的母亲河：长江

长江是中国最长的河流，也是世界上仅次于尼罗河和亚马孙河的第三大长河。长江发源于青藏高原，干流流经青海、西藏、四川、云南、重庆、湖北、湖南、江西、安徽、江苏、上海11个省、自治区、直辖市，于崇明岛以东注入东海。

根据长江流经的区域，以及周边人们的生活习惯与生活方式等，衍生出上游、中游、下游三个主要的文化区：上游巴蜀文化区，主要指四川、云南、重庆一带；中游荆楚文化区，主要指湖南、湖北一带；下游吴越文化区，主要指江西、安徽、江苏、上海等地。在长江边，勤劳智慧的中华民族祖先们，栽培出了水稻，发明了舟船，还发明了无与伦比的采盐技术，孕育了玉石器文化，更衍生了我们现代人熟知的城市文明。

长江沿岸有很多风景名胜：万里长江第一港——云南水富港、四川宜宾东郊长江南岸的李庄古镇、四川成都的都江堰、重庆奉节和湖北宜昌的长江三峡、湖南岳阳的君山岛、江西九江的鄱阳湖、“中国第一水乡”江苏苏州的周庄古镇、浙江湖州的南浔古镇……

互动任务单

和爸爸妈妈在黄鹤楼上用望远镜远眺长江，感受诗中景象，并记录下来。

第二站：荆州市

懊侬歌十四首（其三）

魏晋 · 无名氏

江陵去扬州，
三千三百里。
已行一千三，
所有二千在。

懊侬歌十四首（其三）

魏晋·无名氏

江陵去扬州，

从江陵到扬州，

三千三百里。

一共有三千三百里。

已行一千三，

走了一千三百里，

所有二千在。

还有两千里没有走完。

读万卷书

《三国演义》卷首诗《临江仙》

明朝有位诗人叫杨慎，被称为明朝第一才子，他被贬云南，路过江陵（今湖北荆州），看到一渔夫和柴夫在江边煮鱼喝酒，颇有感慨，写下《临江仙》一诗：

滚滚长江东逝水，浪花淘尽英雄。是非成败转头空。

青山依旧在，几度夕阳红。

白发渔樵江渚上，惯看秋月春风。一壶浊酒喜相逢。

古今多少事，都付笑谈中。

这首诗最大的粉丝是罗贯中，他在写《三国演义》时，把这首诗放在了卷首。《三国演义》与《西游记》《红楼梦》《水浒传》并称为我国四大名著。

三国时期，荆州是三国政治、经济、军事、文化的交叉汇聚点，是联吴抗曹的重要根据地。赤壁之战后，荆州七个郡被刘备、曹操、孙权三家瓜分，刘备前往四川，留关羽镇守他们所占据的荆州五郡。但关羽急于出兵攻打曹操，孙权便派人背后偷袭，导致刘备占据的荆州失陷。

“大意失荆州”，后用来比喻因疏忽大意、骄傲轻敌而导致失败或遭受损失。

荆州古城

坐落在辽阔江汉平原的荆州古城，是文化名城。汉朝，全国划分为三十六个州，这里因北方的荆山而得名荆州。东晋以后，有皇帝开始在荆州建都，荆州便成为屯兵置府、兵家必争之地。

荆州古城分为三层，外层是水城，中间是砖城，里层是土城。荆州古城墙是中国现存的保存最为完整的四座古城墙之一，也是保存最为完好的南方城墙，设有瓮城、敌楼、战屋、炮台、藏兵洞等，防御体系完备，历来易守难攻，有“铁打荆州”之说。

张飞一担土

张飞一担土位于荆州古城公安门对岸的马河边，有着一段美丽的传说。

相传，三国时期，蜀将关羽镇守荆州，遇到九仙女下凡传王母娘娘旨意，说荆州动兵太多，要收回置于神地，不准凡人再抢夺。关羽不想让出荆州，便想出一条计谋：“你在西北，我在东南，各筑一城，城周五千步，天黑始，鸡鸣止，谁先筑好，谁就管理这个地方。”

于是，九仙女用衣裙兜土，关羽伐芦苇筑城。关羽的城筑好了，九仙女的城还差一些，但公鸡还未打鸣。关羽差人到鸡笼边学鸡叫，于是公鸡啼鸣，九仙女羞愧地上天去了。这时候，挑一担土来帮关羽筑城的张飞，听说关羽已胜利，喜不自禁，便将土倒在东门外，现今人们就把这两堆小口山似的土叫“张飞一担土”。

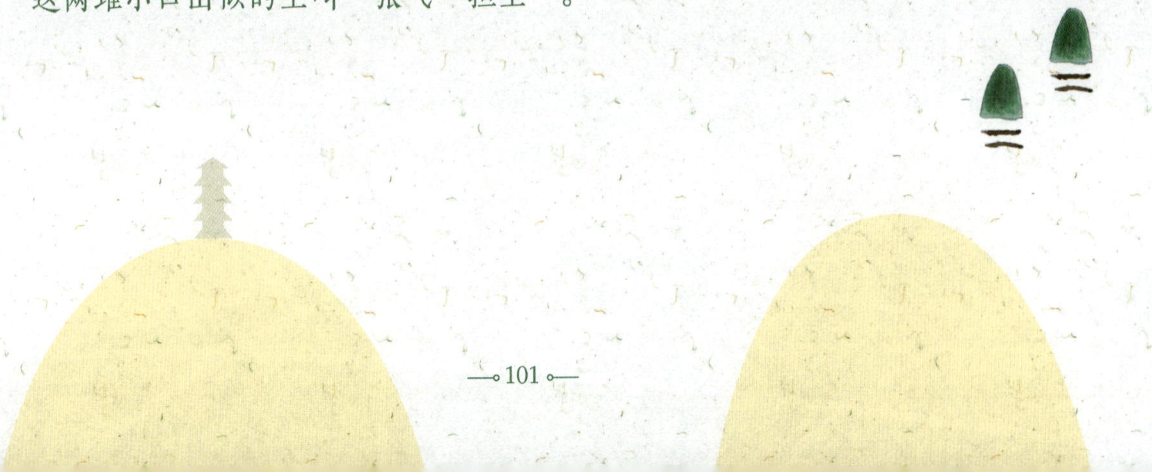

华容古道

华容古道位于湖北省荆州市监利县城西南，长约7.5公里，在古道入口处立有石碑，刻“华容古道”四字，沿途有监利古、子龙岗（相传为赵云伏兵偷袭的地方）、葫芦口（相传张飞在此偷袭）、救曹田（相传曹军靠田中的萝卜充饥）、曹鞭港（曹军扔掉马鞭、徒步前行的地方）、鸡冠沟（相传关羽在此割鸡冠立誓：若放走曹操，当如此鸡）等景点。

三国时期，曹操在赤壁兵败，北撤江陵时途经华容道。刘备命关羽在此埋伏狙击曹操，关羽因感念曹操当年的恩德，便放了他一条生路。因此，华容道也是一条代表诚信交往、东山再起的道路。

今日的华容道，绿树成荫，路两侧良田万顷，一派平原水乡风光。

互动任务单

和爸爸妈妈一起了解三国人物，并谈一谈你最喜欢的人物。

第三站：宜昌市

秋下荆门

唐 · 李白

霜落荆门江树空，
布帆无恙挂秋风。
此行不为鲈鱼鲙，
自爱名山入剡中。

秋下荆门

唐·李白

霜落荆门江树空，

荆门已经开始落了秋霜，
树叶零落显得山很空，

布帆无恙挂秋风。

布帆完好地挂在桅杆上，招引着秋风。

此行不为鲈鱼鲙（kuài），

自爱名山入剡（shàn）中。

此次离开家乡巴蜀，不是为了贪图口舌之快，是为了游览名山大川才想到剡中这个地方去的。

布帆无恙：古人的幽默

“布帆无恙”是一个成语，意思是在乘船途中，布帆完好无损，即旅途平安。

相传晋朝的书画家顾恺之休假回家路过荆州，顺便拜访了好友殷仲堪，殷仲堪建议他乘船回家，并借给他一块布帆。不料，顾恺之快到家时忽然遇到了大风，船也被吹到了岸边。顾恺之想写封信给殷仲堪报平安，但又担心写得太真实令自己的朋友担忧，于是只淡淡地说“行人安稳，布帆无恙”，意思是：人很安全，你借给我的布帆也没有受伤。

当我们遇到困难时，也要学习顾恺之这种豁达的人生观，苦中作乐。

“鲈鱼脍”的典故

张翰，字季鹰，西晋吴人，在洛阳任齐王的属官。一年秋天，季鹰感受到秋风阵阵，似乎带来了泥土的芬芳，他突然产生了强烈的思乡之绪，又回忆起家乡吴地的莼菜羹和鲈鱼脍等佳肴美味，更觉得乡情无法排遣。他自言自语地说：“人生应当纵情适意。既然故乡如此值得留恋，我又何必定要跑到几千里之外，做这一个受拘束的官儿，去博取什么名位呢？”

于是，他毫不犹豫地到齐王那里辞了官，千里驱车，回到了自己的故乡。季鹰辞官回乡不久，齐王谋反被杀，手下的人纷纷受到牵连，只有他幸免于难，人们都称赞他有先见之明。他被除官名，却依然自得其乐，在他看来，与其身后留名，不如当下饮酒尽欢。

后“鲈鱼脍”常用来表示思乡赋归。

三峡人家风景区

三峡人家风景区地处湖北省宜昌市夷陵区，位于长江三峡中最为奇幻壮丽的西陵峡境内，三峡大坝和葛洲坝之间，依山傍水，风景如画。

景区的游览区位于长江的南岸，游客可在北岸的胡金滩码头坐渡船到南岸。景区内的水上人家和溪边人家（靠近龙进溪码头）均在长江边，边走边看，可体验当年李白秋下荆门在码头及溪边所看到的景致。而山上人家的景点分布在山上，可步行或通过索道上下山，体验当地特色民居“吊脚楼”，了解本地先民的生活场景。

此外，在景区内还可见到巴王寨、黄龙瀑、龙进溪、猕猴山、石牌抗战纪念馆、长江第一石——灯影石等。

互动任务单

和爸爸妈妈一起制订你们的宜昌旅行计划。

第四站：襄阳市

春晓

唐 · 孟浩然

春眠不觉晓，处处闻啼鸟。

夜来风雨声，花落知多少？

春晓

唐·孟浩然

春眠不觉晓，
处处闻啼鸟。

人们在春天的夜晚甜甜地睡着，
不知不觉天就亮了，
到处是鸟儿清脆的叫声。

夜来风雨声，
花落知多少。

昨天晚上依稀听到了阵阵风雨声，
不知道吹落了多少开得正艳的花。

鹿门山名人：淡泊名利的庞德公

《春晓》一诗写于鹿门山，鹿门山是一个远离俗世纷争的安静之处。

东汉末年，庞德公隐居在鹿门山，荆州刺史刘表多次登门邀请他出山，他都拒绝了。刘表对庞德公说：“你这样保全自己，为何不保全天下人？”庞德公回答：“鸿鹄在山林里筑巢，龟鼋在深渊下做穴，都是为了有地方栖息，人也是一样的，人的行为取舍就是自己的栖息之处，世间万物都是为了找到合适自己的位置，天下人不是我要保全的。”

刘表见到庞德公的妻子、儿女在地里种庄稼，就问他：“那你辛苦耕耘，百年之后留给子孙后代什么呢？”庞德公回答：“世上的人追逐名利，留给子孙后代的都是风险，我留给后代的是安居乐业。”

庞德公与居于鹿门山附近的司马徽、诸葛亮、庞统、徐庶的关系非常密切，他评价诸葛亮为“卧龙”，评价庞统为“凤雏”。唐朝的吴筠在诗歌《高士咏 · 庞德公》中赞美庞德公：庞公栖鹿门，绝迹远城市。超然风尘外，自得丘壑美。

三顾茅庐的故事

诸葛亮，山东琅琊人，失去双亲后随叔父至荆州，他17岁时叔父去世，之后便来到襄阳隆中，躬耕苦读长达十年之久。因其留意世事，胸怀天下，被称为“卧龙”。

后来刘备三顾茅庐请诸葛亮出山。为了试探刘备是否真的能礼遇贤士、是否真的有帝王之才，诸葛亮设下了计谋来考验刘备。刘备第一次来到诸葛亮的草屋，诸葛亮不在家；刘备第二次来时正好是大雪天，诸葛亮依旧不在家；直到第三次，刘备又来了，诸葛亮才决定见刘备。

这就是“三顾茅庐”的故事。这个故事告诉我们，如果我们决定做一件事就不要轻易放弃，如果我们认准了一个人的才能就要足够尊重他。

诸葛亮和刘备畅谈天下大事，诸葛亮全面分析当时局势，提出了三分天下的谋略，这就是著名的“隆中对策”。

古隆中

古隆中位于湖北省襄阳市，是一个以诸葛亮故居为主体的风景名胜区，包括古隆中、水镜庄、承恩寺、七里山、鹤子川等五大景区。诸葛亮青年时隐居此地，历史上著名的“三顾茅庐”和“隆中对策”都发生在这里。

这里有纪念刘备三顾茅庐和诸葛亮隆中对策的“三顾堂”，诸葛亮与好友们聚会的“卧龙深处”，再现诸葛亮在隆中抱膝长吟情景的“抱膝亭”，诸葛亮躬耕隆中时灌溉农田的泉水来源“老龙洞”，还有诸葛草庐、武侯祠、古柏亭、躬耕田、小虹古桥、六角井、观星台等景点。

四月，古隆中鲜花盛放，尤以牡丹花最为绚烂，最具代表性的有“襄阳大红”“卧龙出山”“隆中红”“隆中粉”等品种。

襄阳城

襄阳城位于湖北省襄阳市汉水中游南岸，三面环水，一面靠山，易守难攻。春秋时归属楚国，东汉末年归属荆州刘表，是兵家必争之地。

襄阳城历史悠久，屡毁屡建。元代末年城建大部分被毁灭，明朝时旧址重建：城高8.5米，周长7.3公里，四周有角楼，共有六座大城门，即大北门、小北门、长门、东门、西门和南门。

目前的襄阳城，为明初建制。其中以北城垣保存最为完整，古貌犹存，与仲宣楼、鼓楼、襄阳护城河等历史名胜交相辉映。

互动任务单

跟爸爸妈妈一起谈谈和平与战争。

第五站：咸宁市

念奴娇·赤壁怀古（节选）

宋·苏轼

大江东去，浪淘尽，千古风流人物。
故垒西边，人道是，三国周郎赤壁。
乱石穿空，惊涛拍岸，卷起千堆雪。
江山如画，一时多少豪杰。

念奴娇·赤壁怀古（节选）

宋·苏轼

大江东去，浪淘尽，千古风流人物。

长江水浩浩荡荡向东流去，淘尽了那些杰出的历史人物。

故垒西边，
人道是，
三国周郎赤壁。

在那远古的西边战场，人人都在说三国时期周瑜大破曹军的故事。

乱石穿空，
惊涛拍岸，
卷起千堆雪。

四面陡峭的山崖高耸插入云霄，
惊涛骇浪拍打着江岸，
卷起的浪花像是冬天的千堆雪。

江山如画，
一时多少豪杰。

江山雄伟壮丽，
一时间涌现了多少英雄豪杰。

草船借箭

周瑜是孙权旗下的名将，少年得志，意气风发。孙权和刘备联盟前，周瑜听说诸葛亮足智多谋，心有不服便故意刁难他，让他十天之内造出十万支箭。诸葛亮听后，大笑着说只需要三天。

前两天，诸葛亮都没有动静。诸葛亮夜观星象，算到第三天会有大雾。到了第三天，诸葛亮就派出几艘大船开到河中间，大船上装满了草垛，诸葛亮让士兵擂鼓喊口号，佯装进攻。对面的曹军一听到军鼓，就齐齐发箭。正如诸葛亮所料，箭全都扎在了草垛上。如此几次，诸葛亮轻轻松松向曹操“借”到了十万支箭。

后用“草船借箭”来形容运用智谋、凭借他人的人力和财力达到自己的目的。

周瑜打黄盖

赤壁之战是三国时期三大战役的第二大战役，也是中国历史上著名的以弱胜强的战争之一。

赤壁之战时，东吴大将黄盖受命诈降到曹操的军营，为了让曹操上当，周瑜决定使用苦肉计。在军事会议上，黄盖假装与周瑜意见不和，甚至出言有轻视之意。为此，周瑜下令将黄盖斩首，因为黄盖是有功的老臣，诸将替他苦苦求情，周瑜将处罚改为笞刑，将黄盖打得卧床不起，黄盖假装气愤而投敌。这正是做给敌人看的，果然这一消息传到了曹操的耳中，黄盖取得曹操的信任后，带领一支先锋部队，顺利把火烧到了曹操的军营。最终孙刘联盟取得赤壁之战的胜利。

歇后语“周瑜打黄盖——一个愿打，一个愿挨”，用来比喻双方都愿意做的事情。

万事俱备，只欠东风

曹操大军当前，孙刘联盟决定用火攻，可是当时正处隆冬时节，天天刮西北风，若点火必烧到自家军营。为此周瑜闷闷不乐，病倒在床。

可诸葛亮并不慌张，他对周瑜说，可以问天借来东风。当天晚上，诸葛亮搭起祭祀台，不多时，东风起，东吴大军依计划发起进攻，打败曹营，一直把曹操打得丢盔弃甲，逃回了北方。

原来，诸葛亮不仅通晓军事，而且上知天文下知地理，他根据天象算出那几日赤壁必有东风，所以才胸有成竹。

后用成语“万事俱备，只欠东风”比喻一切都准备好了，只差最后一个重要的条件。

三国赤壁古战场

三国赤壁古战场是赤壁之战的发生地，位于长江中游南岸，湖北省赤壁市境内，是我国古代以少胜多、以弱胜强的七大战役中唯一存有原貌的古战场。

三国赤壁古战场内有赤壁山、南屏山和金鸾山三山。主要景点有：神武台，赤壁之战时周瑜点将的地方；凤雏庵，庞统隐居的地方；拜风台，诸葛亮借东风之地；赤壁塔，周瑜瞭望的指挥塔；还有周瑜石像、桃园三结义雕像、小乔出嫁雕像等。

三国赤壁古战场内还有我国第一个以战史为主题的专题陈列馆——赤壁大战陈列馆，通过人物塑像、出土文物、资料图片等展现赤壁之战的景象。

“不到赤壁，不解三国”，除度假休闲、观光旅行外，三国赤壁古战场亦是一个可以对三国历史精华进行科学考察、历史考古的文化体验基地。

互动任务单

向爸爸妈妈讲述你知道的诸葛亮的故事。

第六站：黄冈市

定风波 · 莫听穿林打叶声

宋 · 苏轼

莫听穿林打叶声，何妨吟啸且徐行。
竹杖芒鞋轻胜马，谁怕？一蓑烟雨任平生。
料峭春风吹酒醒，微冷，山头斜照却相迎。
回首向来萧瑟处，归去，也无风雨也无晴。

定风波·莫听穿林打叶声

宋·苏轼

莫听穿林打叶声，
何妨吟啸且徐行。

不用注意那穿林打叶的雨声，
不妨一边吟唱一边悠然地行走。

竹杖芒鞋轻胜马，
谁怕？
一蓑烟雨任平生。

拄着竹杖、穿着草鞋轻捷得胜过骑马，
有什么可怕的？
着一身蓑衣任凭风吹雨打，照样过我的一生。

料峭春风吹酒醒，微冷，山头斜照却相迎。

春风微凉，将我的酒意吹醒，寒意初上，山头初晴的斜阳却应时相迎。

回首向来萧瑟处，
归去，
也无风雨也无晴。

回头望一眼遇到风雨的地方，
回去吧，
对我来说，既无所谓风雨，也无所谓天晴。

唐宋八大家

唐宋八大家指唐朝的韩愈和柳宗元，宋朝的欧阳修、苏洵、苏轼、苏辙、王安石、曾巩。韩愈和柳宗元是唐代古文运动的领袖，欧阳修、苏洵、苏轼、苏辙四人是宋代占文运动的重要人物，工安石和曾巩是临川文学的代表人物。

苏洵、苏轼、苏辙父子兄弟三人，人称“三苏”。苏轼，世称苏东坡，北宋著名文学家、书法家、画家，他在诗、词、散文、书、画等方面都有着很高的成就，有《东坡七集》《东坡易传》《东坡乐府》《潇湘竹石图卷》等传世。

逐渐消失的定慧院

苏轼被贬为黄州团练副使时，曾在定慧院寄居，并写下有名的《卜算子·黄州定慧院寓居作》。

20世纪50年代初，定慧院只剩下一片坑坳不平、杂草丛生的空地，青砖湖社区张氏兄弟在此建房时，曾挖出有“定慧院”字样的砖石一块，在其住宅后面还发现僧人坟墓数座。

定慧院今址在湖北省黄冈市黄州区青砖湖社区内，紧靠黄州古宋城东门遗址旁。循迹而去，可觅得当年定慧院万分一之风采。

互动任务单

和爸爸妈妈一起体验雨后步行或长途步行，感受“竹杖芒鞋轻胜马”的情境。

古诗词小旅行

岳麓书院
于哪个省
个市
后退两格
“先天下之忧而忧，后天下之乐而乐”出自范仲淹的《岳阳楼记》
“弯弓征战作男儿”描写的是谁
刘禹锡字梦得
前进一
背诵孟浩然的《春晓》
长江是世界上第三大长河
“千山鸟飞绝，万径人踪灭”的后两句是什么
巾帼英雄指女性英雄、女中豪杰
“湖光秋月两相和，潭面无风镜未磨”描写的是哪里
屈原创造了
“楚辞”的文

游戏规则：①掷骰子，根据点数从起点前进相应步数。②根据格子上的提示前进或后退。

③格子上有问题时，回答正确方可停留，回答错误需后退一格。